버림받은
성적표

고등 학생, 우리들이 쓴 시

버림받은 성적표

고등 학생 81명 시 | 구자행 엮음

보리

차 례

2부 엄마도 전엔 고왔는데

3부 할머니 제가 도와 드릴까요?

■ 일러두기

1. 이 책에 실린 시는 1998년부터 2004년까지 구자행 선생님이 가르친 고등 학교 아이들 시입니다. 1998년(부산 강서 고등 학교 2학년), 1999년~2002년(부산 고등 학교 1, 2학년), 2003년~2004년(부산 상업 고등 학교 1, 3학년), 선생님과 아이들은 시 공부를 하고 해마다 문집을 만들었습니다.

2. 부산 상업 고등 학교는 2005년에 개성 고등 학교로 바뀌었습니다.

3. 띄어쓰기와 잘못 쓴 글자는 바로잡았으나 사투리와 입말은 그대로 두었습니다.

나도 세상에 나가고 싶어

우리 학교 벚꽃

부산 상업 고등 학교 1학년 박명근

우리 학교 벚꽃은

소나무 옆에 서 있다.

아이들은 벚꽃만 본다.

그런 아이들을 보면서

소나무는 서운해진다.

2004년 3월 29일

나비 같은 벚꽃

부산 상업 고등 학교 1학년 김우형

가지를 앞으로 쭉 뻗은 벚꽃나무는

당감동 우리 동네를 가리키고 서 있다.

바람이 불면

잡고 있다가 놓아준 나비처럼

꽃잎이 우리 동네로 날아간다.

2004년 3월 29일

시간이 멈춰 버린 학교

부산 고등 학교 2학년 이승우

아침부터 교문에 선생님이 지키고 있다.

아이들은 선생님 옆에서 벌을 받고 있다.

어떤 아이들은 몰래 담을 넘어온다.

아이들은 선생님들 욕을 하고

선생님들은 그것을 아는지 모르는지

또 아이들을 때리고 있다.

학교의 아침은 변화가 없다.

아침에 학교는 시간이 멈춰 버린 곳 같다.

2001년 5월 24일

지각

부산 고등 학교 2학년 이은상

오늘도 지각을 했다.

반대편 골목에서 오는 이석이가

오늘 따라 유난히 반갑다.

앞에 들어가는 학생을 살핀다.

교문에 들어서자 엉덩이를 맞는다.

우리는 바로 옆길로 샜다.

옆길로 가다가

버스에서 내리는 진현이를 보았다.

진현이도 우리를 따라온다.

왠지 한심하다.

길을 돌아다니다가

만화방으로 들어가니

먼저 온 민우가 우리를 반긴다.

웃음이 나왔다.

2002년 6월 20일

낙서

부산 상업 고등 학교 3학년 김용훈

학교에서 가방을 챙기고

책상을 보니

여러 개 낙서가 보인다.

칼집 난 데도 있고 수학식도 있다.

책상 한가운데에 적힌 낙서가 눈길을 끈다.

"나도 세상에 나가고 싶어."

2003년 10월 14일

방송 수업

부산 상업 고등 학교 3학년 최민호

아침 8시 10분,

우리 반 장균이는 프린트를 가져온다.

나머지 아이들은 텔레비전을 켜고 자리에 앉는다.

화면에 선생님 얼굴이 나오면 애들은 조용해진다.

그러나 그것도 고작 10분.

선생님은 목이 터져라 설명하시지만

우리는 비몽사몽 정신을 못 차린다.

담임 선생님이 들어오신다.

애들은 눈을 비비며 겨우 일어난다.

동시에 지각대장 태완이는 늦게 와서

몸을 벽 쪽으로 바짝 붙이고

조심스럽게 자리에 앉는다.

"태완이 가서 화장실 청소하거라."

태완이는 급히 화장실로 들어간다.

8시 50분, 왕지각대장 재준이가 등장한다.

순간 교실 안이 술렁인다.

"저 새끼는 죽어야 된다."

이런 비슷한 욕이 사방에서 튀어나온다.

잠시 침묵이 흐르고

"재준이 빗자리 몽디 가오이라."

텔레비전에선 선생님이 목이 터져라 설명하시고

뒤에 깔리는 타작 소리.

텔레비전 속의 선생님이나, 담임 선생님이나,

우리나, 정말 사람 할 짓이 아닌 것 같다.

2003년 5월 23일

칠판 모서리

부산 상업 고등 학교 3학년 김상지

칠판 모서리에 써 놓은 메모

잊지 말라고 재촉하지만

아무도 정을 주지 않는다.

"수학 노트 6/9까지."

"기말 고사 6/29~7/2."

"수능 모의 고사 6/2."

날이 지나간 것도 있건만

누구도 지우지 않는 미운 글들.

2004년 6월 10일

독어 숙제

부산 고등 학교 2학년 최양문

지난 시간에 숙제가 있었다.

아이들은 아무도 모르는 듯했다.

수업 시간에 어김없이 검사를 했고

숙제를 한 사람이 아무도 없길래

나도 같이 벌을 섰다.

그런데 선생님이 때리는 것이었다.

나는 어떡해야 될지 고민하다

결국 숙제를 내밀었다.

숙제 한 사람은 나밖에 없었다.

아이들이 나를 째려 본다.

2002년 6월 26일

수학 문제 풀기

부산 고등 학교 2학년 김진열

예전에 수학 문제는
풀어 보고 매겨 보는 것이었는데
요즘은 한 문제 한 문제가
내 미래와 연결된 고리 같다.
답답해서 미치겠다.

1999년 7월 10일

채점

부산 고등 학교 2학년 백승철

수학 시험이 끝나고 쉬는 시간

나는 채점을 하지 않았다.

도무지 알 수 없고 풀 수 없는 문제를

풀고 난 뒤 10분,

그 10분 동안

아이들은 서로 정답을 맞추기 바쁘다.

몇 개나 맞을 수 있을까?

아이들 모르게

시험지를 슬 숨기고 있는

내 손이 부끄럽다.

2002년 7월 6일

*슬 : 슬쩍.

공부 못한 죄

부산 강서 고등 학교 2학년 주지윤

갈까 말까, 갈까 말까
한참을 망설인 끝에
친구와 두 손을 불끈 쥐고
전산실로 올라갔다.

성적표 보여 달란 말을 못 해
전산실 앞에 십 분을 서 있었다.

크게 심호흡을 하고
떨리는 목소리로
담임 선생님에게 얘기를 꺼냈다.

2학기 기말 고사 전표를 건네받고
한참 뚫어져라 바라보고 있는데

"공부도 못하는 것들이 그건 봐서 뭐 하노."

농담인지 진담인지 알 수 없는

그 특유한 담임 선생님 말투,

한 해가 지난 지금도 귓가에 생생하다.

1998년 11월 28일

잠

부산 고등 학교 2학년 김성한

허리가 자꾸 앞으로 굽어진다.

의자를 앞으로 땡겨 바로 세웠다.

머리가 자꾸 내려간다.

한쪽 팔로 받쳤다.

눈꺼풀이 자꾸 내려간다.

이젠 막을 길이 없다.

2002년 4월 28일

쉬는 시간

부산 상업 고등 학교 3학년 김성훈

쉬는 시간 종이 치면

어김없이 하나 둘 화장실로 모여든다.

화장실 구석구석 자리 잡고

너도나도 입에 새하얀 담배 하나씩 물고

담배 끝에 불붙이기 바쁘다.

이 정다운 분위기에 훼방꾼이 꼭 있다.

쌤 온다! 이 한 마디에

아이들은 재빠르게 소변기 하나씩 잡고

오줌 싸는 척을 한다.

알고 보면 짓궂은 장난 짓

놀란 가슴 부여잡고 무조건 욕을 해댄다.

화장실은 웃음바다가 되고

수업 시간 종이 친다.

꿀 같은 쉬는 시간은 아쉽게 끝나 버린다.

2004년 6월 9일

담배

부산 고등 학교 2학년 김탁현

아침에 지각할까 봐 열라 뛰어왔는데
또 지각이다.

벌 받고 있는데 김○○ 선생님이
갑자기 센타를 까더니만
담배 내놔라고 했다.

담배를 주고 나니
뺨을 계속 때린다.
열받아서 한 대 치고 싶은 생각까지 들었지만
그래도 참았다.

사흘 청소하고 벌받고 끝난 토요일
집에 가는데
김○○ 선생님이 또 부른다.
또 센타를 간다.

남방 주머니에 있던 담배 한 개 또 걸리고
뺨 또 맞았다.

진짜 주먹이 끝까지 올라왔지만
그래도 어쩔 수 없었다.

화장실에서 담배 들고 있다가
또 걸렸다.
진짜 한 번이라도 피고 걸리면
억울하지나 않지.

교무실에서 반성문 쓰고 있는데
샘이 내 머리를 발로 밟는다.

결국에는 금연 학교까지 갔다 오니
샘이 아는 척하지 말고

수업에도 들어오지 말란다.

나도 별로 아는 척하고 싶지 않은 사람이다.

2002년 6월 28일

똥

부산 상업 고등 학교 3학년 윤준필

똥을 싼다.

줄기가 굵다.

냄새도 독하다.

똥 속에는 내가 먹은 게 나왔겠지.

밥 먹은 거 말고

다른 것도 좀 나왔으면.

공부해라.

떠들지 마라.

쉬는 시간 놀지 말고,

책 한 자 더 봐라.

그런 말들도 다 똥 나오듯

없애 버리고 싶다.

2004년 6월 15일

짜증나는 날

부산 상업 고등 학교 3학년 김경식

하루 종일 기분이 우울했다.
아침부터 자꾸 짜증이 났다.
학교에 와서도 짜증이 나서
괜히 이런 기분에 돌아다니면 싸울까 봐
교실에 엎드려 있었다.

가만히 있어도 영 기분이 꿀꿀해서
점심 먹고 성길이에게 가서
"야, 기분도 꿀꿀한데 비나 맞으로 가자."
성길이는 무슨 비를 맞으러 가냐며
처음에는 무시하더니
지도 기분이 안 좋은지
비 맞으러 가자고 하였다.

성길이와 나는 팬티를 벗고
추리닝 바지 두 개 빌려서 갈아입고

운동장으로 뛰쳐나갔다.
비를 맞으며 노래도 부르고
운동도 하고 미친 듯이 뛰어다녔다.
기분이 한결 나아졌다.

화장실 가서 수건으로 몸을 닦고
교복으로 다시 갈아입고
교실로 들어왔다.
교실에 들어오는 순간
또 짜증이 났다.
꽉 막힌 기분이다.
이렇게 짜증나는 하루가 지나갔다.

2003년 5월 7일

거미

부산 고등 학교 2학년 홍원표

역사 시험 시간

마지막 한 문제를 남겨 두고 엎드렸다.

가만히 시험지 위를 보니

조그만 벌레가 기어가고 있다.

자세히 들여다보니 회색 조그만 거미다.

어디를 가는지 부지런히 다리를 놀린다.

잠시 멍하게 보고 있으니

어느 새 거미는 책상 끝까지 가 있다.

나는 장난기가 발동해 재빠르게 볼펜 끝으로

거미의 진로를 바꾸었다.

볼펜을 들어올리니

볼펜 끝에 거미가 딸려 올라온다.

볼펜을 내려서 오엠알 카드 위에 내려놓으니

전혀 움직이지 않는다.

죽은 척하는가.

한참을 지켜보고 있으니

발이 조금씩 움직이더니 다시 기어간다.

나는 거미를 포기하고 다시 마지막 문제에 매달린다.

아무리 생각해도 생각이 나질 않는다.

아무거나 하나 골라 표기하고 다시 엎드렸다.

오엠알 카드를 내고 보니

카드 밑에 거미가 있었다.

또 죽은 척하고 있는지 움직이지 않는다.

한참을 기다려도 다시 일어나지 않는다.

볼펜으로 툭툭 건드려도

죽은 척이 아니다.

거미야, 미안하다.

2002년 11월 5일

목 없는 아이들

부산 고등 학교 2학년 윤세원

우리 교실 뒷자리에서
수업하다 아이들을 보면
등만 있고 목이 없다.
목 없는 아이들이 불쌍하다.

1999년 7월 10일

목 없는 아이들

청소 시간

부산 상업 고등 학교 3학년 손희구

지루했던 5교시 수업이 끝나고

청소 시간이 되었다.

나는 잠에서 깨어 멍하니 앉아 있었다.

어디서 "담탱이다." 하는 소리가 들렸다.

급히 일어나 옆에 자고 있는 기수를 깨우고

책상을 뒤로 땡겼다.

두 번째 책상을 옮기고 있는데

아직도 잠에서 덜 깬 기수가

걸레가 없는 밀대를 들고

빨러 간다고 가고 있었다.

2003년 10월 14일

7교시를 째고

부산 상업 고등 학교 3학년 문기영

오늘 7교시는 쨌다.

나 때문에 친구가 폰을 압수당해서 열받았기 때문이다.

아니다. 수업도 그리 받고 싶지 않았다.

여섯 명 정도 밖에 나와 나무 그늘 밑 기둥에 걸터앉았다.

매미 소리가 자꾸 난다.

어릴 때 험하게 자랐다는 친구가 매미를 잡는다.

매미는 15년간 땅 속에 살다가

세상에 나와서는 일 주일을 울다가

저세상으로 간다 한다.

대단해서 빨리 날리 주라 했다.

이 때부터 모두 어릴 적 곤충에 관한 이야기를 꺼냈다.

잠자리 꼬랑지에 실을 묶어 연 날리듯 했다는 둥

배가 빨간 개구리에는 진짜 독이 있는 줄 알았다는 둥

돈이 없어 잠자리채를 양파 보자기로 만들어 썼다는 둥

가재를 잡을 때 흐르는 개울에 돌을 살짝 들어 내면 나
온다는 둥

나는 가재 한 번도 못 봤다는 둥

잠잘 때 바퀴벌레가 몸을 훑고 지났다는 둥

개미를 집에서 키우다가 모두 도망가서 엄마한테 호되게 혼났다는 둥

종이 쳐서 교실로 오니 이미 선생님이 눈을 부릅뜨고 계신다.

한 명씩 맞았다.

선생님이 물었다.

"니는 일 학년 때 가가가, 이 학년 때 수수수, 삼 학년 때 가가가,

공부가 안 중요해서 인생 포기했나?"

난 크게 대답했다.

"포기 안 했습니다."

뭔가 하고 싶은 말이 있는데 안 돼서 땅만 봤다.

7교시 때 했던 이야기를 생각해 보니까

어릴 땐 말 그대로 돈 안 되는 일에 매달려 살았다.

어른이 되어 갈수록 자신의 이름과 이익을 위해 살지 않으면

사람 대접받기 힘들 것 같다.

2004년 7월 9일

노 젓기

부산 강서 고등 학교 2학년 고현경

밥만 먹고 배만 탄다.

사람 참 환장하겠네.

땡기다 지쳐서 힘 한 번 빼면

확성기 들고 고함지르는 코치 선생님의 무서운 목소리

"야! 힘줘. 힘주란 말야."

겁에 질린 우리는

정신 차려 다시 힘을 준다.

죽을 똥 살 똥 막 땡기다 보면

또다시 들려오는 전혀 다른 부드러운 목소리

"새끼들 바로 그거야. 하면 되는데 왜 안 했어."

그제서야 우린 안도의 숨을 내쉰다.

지친 몸을 이끌고 선착장에 배를 댄다.

그리곤 밥을 먹는다.

참 맛있다.

1998년 5월 2일

'야·자'라는 구속 영장

부산 고등 학교 2학년 김대현

종이 울린다.
동시에 매로 문을 두드리며
고함치는 소리가 들린다.

문은 닫히고
더 이상 자유는 용서받지 못한다.

매시간 10분 전이 고비다.
그 때마다 몇몇 죄수가 탈옥을 시도한다.
그러나 결과는 종아리에 그이는 붉은 선

죄수 명단을 들고 교관이 들어와 인원 수를 체크한다.
압박감에 시달려 탈옥을 체념한 채
허리를 굽히고 눈을 감으며
엎드리는 죄수는 늘어만 간다.

종이 울린다.
동시에 죄수 수십 명이
발광하며 뛰쳐나간다.

문은 열리고
그러나 자유여야 할 문 밖은 온통 학원 차뿐,
또 다른 감옥으로 옮겨지는 종소리일 뿐이었다.

2002년 6월 7일

*야·자 : 야간 자율 학습.

바닷가

부산 고등 학교 2학년 김승우

나는 바닷가에 자주 간다.
바닷가 방파제에 누워
가만히 파도치는 소리를
들어본다.

그리고 밤 하늘을 올라 보며
밤 하늘의 별을 본다.
그리고 시계를 보다가
작은 바늘이 9를 가리키다 보면
일어난다.

그리곤 조용히 집으로 돌아간다.
네 시간의 야자 시간을
견디지 못한 탈출과
네 시간의 방황과
어쩔 수 없는 시간 메우기이다.

2002년 6월 21일

바람에 날려 가지 않는 것

부산 상업 고등 학교 3학년 차우석

바람이 분다.

바람을 타고 내 머리카락도 날린다.

머리카락만 아니라

머릿속에 있는 대학에 대한 고민과

심장을 옭아매고 있는 스트레스까지

날려 버렸으면 좋겠다.

말도 안 되는 소리란 걸 알지만

요즘 들어 이런 생각을 할 때가 많아졌다.

어느 새 바람이 그쳤다.

답답한 가슴 바람 따라 날아가라고

소리를 질러 본다.

2004년 6월 10일

학교

부산 상업 고등 학교 3학년 이영민

나는 날마다 똑같은 옷을 입고 학교를 와서
똑같은 일과로 공부를 한다.
나이 스무 살 먹고도
왜 이런 학교 같은 것이 있는지를 깨우치지 못했다.
공부를 하기 위해서?
그럼 교복은 왜 입는지 모르겠다.
교복이 공부를 가르쳐 주는 것도 아닌데.
그럼 머리는 왜 짧게 자르라고 하나?
머리카락이 길다고 친구를 못 사귀는 것도 아니고,
공부 안 한다는 것도 아닌데
오직 학생인 것처럼 보이기 위해?
그 이유로 대한 민국에 있는 고등 학생들을
설득하기는 무리일 것이다.
이런 틀 속에 갇혀서
교복을 입고 선생님들이 시켜서 공부하는 것이나
교도소에서 죄수들이 죄수복을 입고

교도관 지시에 따르는 것이 무엇이 다르나.

고등 학생들은 대학 문제 때문에 골치가 아프고

죄수들은 얼마나 더 갇혀 있어야 하나 골치가 아플 것이다.

전혀 다른 문제이나 공통점은 있다.

나도 지금 대학을 위해 공부를 한다.

대학을 가고 늙으면 학교란 제도를 이해할 수 있을까?

우리 나이에 생각해 보면

학교란 것이 무엇보다 심한 벌인 것 같다.

2004년 6월 9일

자기 소개서

부산 상업 고등 학교 3학년 함수정

"저의 장점은 무엇이든 최선을 다하는 자신감입니다.
……."
대학 진학, 수시 1차 때문에 쓰는 자기 소개서.
종이 한 장에 나를 소개하기란 어려운데
나 자신조차도 아직 나를 잘 모르는데
어떻게 종이와 연필로만
내 인생을, 내 자신을 쓰라는 걸까?
그렇게 뒤죽박죽 엉킨 생각으로
새하얀 종이가 검게 변해 간다.
그러면서 내 마음도 검게 변해 간다.
있지도 않은 사실을 써 나가면서
좋은 일만 부풀려 쓰면서
그렇게 새하얀 종이는 검게 변해 간다.
자기 소개서는 새까만 거짓말이다.

2004년 6월 18일

볼펜 뚜껑

부산 고등 학교 2학년 김임정

지루한 학원 수업이 이제 다 끝나 간다.

멍하니 발만 이리저리 왔다 갔다 하고 있는데

내 발에 무엇이 걸렸다.

뭘까 내려다보니 볼펜 뚜껑 하나가 떨어져 있다.

심심하던 차에 발로 이리저리 굴리며 무료함을 달래다가

한순간 힘을 줘서 '툭' 부숴 버렸다.

수업 마치는 종이 울리고

뒤에 앉은 여학생이 나를 툭툭 친다.

"야, 거기 밑에 볼펜 뚜껑 떨어진 거 좀 주워 줄래?"

참, 어떻게 해야 되나.

2001년 5월 29일

학원 수업 마치고

부산 고등 학교 2학년 김진휘

학원 수업 마치고
집까지 터벅터벅 걸어간다.

나 때문에 잠가 놓지 않은
대문을 여니 불이 환하다.

먼저 안방으로 간다.
기다리다 지치신 어머니는
리모콘을 손에 쥔 채 주무신다.
텔레비전을 끄고
살포시 문을 닫고 나왔다.

옷 갈아입고 세수하고 나니
시계는 한 시 반
핸드폰을 보니 26일 수요일이라 되어 있다.
좀 전만 해도 25일 화요일이었는데

하루를 마친 시각이 오늘이 아니고 내일이다.

2002년 6월 26일

좌석 버스와 친구

부산 강서 고등 학교 2학년 손유현

학원 마치면 열한 시
늦어서 버스도 잘 없다.
그래서 좌석 버스 타는 날이 많다.

친구랑 버스 정류장에서 장난치다가
일반 버스 막차를 놓쳤다.
주머니에 돈은 하나도 없었다.
친구가 천 원 주면서
"좌석 타고 집에 가라."

무사히 집에 와서 친구 집에 전화하니깐
친구 엄마 하시는 말씀
"걸어온다고 전화 왔더라."
친구를 생각하니 마음이 아팠다.

1998년 5월 11일

늦은 밤

부산 고등 학교 2학년 강동환

밤 12시,
어둠 속에 불을 밝히고 있는
5층 건물에서
학생들이 나오고 있다.

차도 불빛도 없다.
그 길을 혼자 걸어간다.
문득 핸드폰 시계를 보니
학교 가기 6시간 50분 남았다.

2001년 5월 25일

2부

엄마도 전엔 고왔는데

엄마

부산 상업 고등 학교 3학년 민태민

요즘 집에 늦게 들어가는 때가 늘었다.
엄마는 텔레비전을 켜 놓고
소파에서 잠이 들었다.
"엄마 일어나라.
자다가 감기 들지 말고
방에 들어가서 자라."
엄마는 자다가 일어나 한 마디 한다.
"일찍 좀 다녀라.
아이고 죽겠네."
요즘 들어 부쩍 자주 듣는 말이다.

아침에 학교 갈 때면
내가 보이지 않을 때까지
문을 닫지 않고
내 뒷모습을 보고 있다.
이제서야 엄마가 늙어 간다는 걸 느낀다.

2004년 6월 9일

울 엄마

부산 상업 고등 학교 3학년 김미래

열두 시 정각, 밖은 깜깜한 게 가로등 불빛뿐이다.

엄마 올 시간인데

달각 소리와 함께

맛있는 고기 냄새가 먼저 풍겨 온다.

"나 왔다. 자나?"

"엄마 왔나. 안 피곤하나?"

"세상에 안 힘든 일이 어뎄냐."

얼굴에 가득 웃음을 머금고 대답한다.

늘어 가는 주름살,

군데군데 박힌 굳은살,

퉁퉁 부은 다리,

엄마도 전엔 고왔는데.

2003년 5월 24일

엄마 지갑

부산 상업 고등 학교 1학년 최재훈

누나는 맨날 엄마에게
옷을 사 달라고 조른다.
엄마는 대꾸도 안 하고
그냥 방으로 들어간다.
누나는 화를 내며
자기 방문을 '꽝' 닫고 들어간다.
살짝 열린 방문 틈으로
엄마를 보았다.
엄마는 지갑을 꺼내 보며
돈이 얼마나 남았나,
한숨을 쉰다.

2004년 6월 12일

신발

부산 강서 고등 학교 2학년 이윤미

엄마는 무슨 물건을 사든지
돈 아껴야 한다고 싸고 오래 쓰는 것을 찾는다.
난 예쁜 것도 사 보고 싶은데 말이다.

얼마 전에 내 신발을 사러 같이 나갔다.
내 맘에 쏙 들어서 고른 신발을 보시고는
값이 비싸다, 모양새가 학생답지 못하다 하면서
엄마가 하나 골라 오시더니
한번 신어 보라고 하고는
대뜸 사 버리는 것이다.

집으로 오는 길에 난 엄마한테 투덜댔다.
"내 신발 사 주려고 와 놓고서
사기는 엄마 맘에 드는 거 골라서 사고
신기는 내보고 신으라고 하는데
그렇게 맘에 들면 엄마 신어라.

치사해서 내 돈 주고 산다, 치.”

버릇없다고 야단칠 줄 알았는데
엄마는 아무 말 없이 신발 가방을 꼭 들고 가시는 거다.
뒤따라가면서 이런 생각이 들었다.
엄마 물건은 몇 년에 한 번 살까 말까 하는데.

1998년 12월 7일

어머니

부산 고등 학교 1학년 배재훈

남들은 모두 추석을 맞아
외갓집을 찾아 떠나지만
우리 어머니는
홀로 집을 지키신다.

외할아버지, 외할머니
다 돌아가시고
그나마 있던 다섯 형제들도
이제 둘밖에 없어서
외갓집에 가도 재미가 없단다.

그 속도 모르는 아버지
어머니 남겨 두고
등산하러 가신다.

1999년 10월 2일

밥상

부산 고등 학교 1학년 이진성

엄마에게 독서실 간다고 돈을 받았다.
그러고는 친구들이랑 게임방 가서
열두 시가 넘어 집에 들어갔다.
조용히 방에 들어가려는데
식탁에 밥을 차려 놓았다.

1999년 10월 19일

배달

부산 고등 학교 2학년 김유호

어머니 가게에 앉아 쉬고 있는데
전화 한 통이 걸려 온다.
"유호야, 배달 한 번 갔다 오너라."
나는 어머니가 주시는 철가방과 쪽지를 받아들고
가게를 나섰다.
"띵동띵동." 찰카닥 문이 열린다.
"삼천 원입니다." 하고 앞을 보니
초등 학교 동창이다.
여느 때와 다름없이 "감사합니다." 하고는
돈을 받아 나왔다.
오늘 따라 올라오는 엘리베이터가 늦다.

2002년 6월 26일

어머니 생각

부산 상업 고등 학교 3학년 서석만

학교를 마치고 집으로 가던 길이다.

저기 멀리서 고급 승용차 한 대가

내 옆을 지나간다.

검은 선글라스에 화려한 옷을 입은 아주머니가

창문을 반쯤 열고 지나간다.

우리 어머니와 비슷한 나이 같아 보인다.

저 아주머니는 저렇게 멋을 부리고 사는데

우리 어머니는 아침마다

버스를 타고 일하러 가신다.

2003년 10월 14일

야쿠르트 아줌마

부산 상업 고등 학교 3학년 이수현

복도에 노란색이 보인다.

야쿠르트 아줌마다.

여학생들에게 둘러싸여

'윌'을 파신다.

다 파셨는지 아줌마가 간다.

뒷모습이 쓸쓸해 보인다.

우리 엄마도 저 옷을 입고

가는 뒷모습이 쓸쓸하겠지.

2004년 6월 9일

밥상 앞에서

부산 고등 학교 2학년 이성기

감기는 눈을 치켜뜨며
아버지와 마주 앉았다.
밥상 가운데 놓은 찌개가 조용히 끓어오른다.
아버지가 먼저 한 숟갈 입 안으로 들이미신다.
밥알을 씹으시며 내 성적을 물어 보시기에
나도 얼른 찌개를 한 숟갈 떠서
입 안에 넣으며 우물거린다.
뜨끈한 국물을 삼키며
걱정 마시라 하고 아버지 눈치를 살폈다.
알았다며 조용히 웃으면서 반찬을 집으신다.
굳은살이 투박하게 박힌 아버지 손과
구릿빛 굵은 팔뚝을 보며
슬며시 수저를 만지작거렸다.

2001년 5월 24일

성적표

부산 고등 학교 2학년 권광석

집에 들어갔다.

평소와 다른 분위기

"성적표 가져와라."

아버지가 목소리를 낮추신다.

가슴이 '쿵' 내려앉는다.

떨리는 손으로 성적표를 건넨다.

딱 딱 딱 딱

시계 돌아가는 소리.

아버지와 나 사이엔 말이 없다.

"니 어떡할래?"

"……."

"그만 들어가라."

아버지는 이 말뿐 때리지 않는다.

난 얼굴도 들지 못하고 돌아섰다.

"휴우."

아버지의 한숨,

몸이 작아지는 듯하다.

2001년 5월 23일

아버지

부산 고등 학교 2학년 박인혁

길을 가다가 아버지를 만났다.

몸 여기저기에 기름때가 묻었다.

아버지는 반가운 기색을 숨기지 못하셨다.

그러나 나는 그냥 지나치려는 생각만 했다.

"인혁이, 학교 갔다가 이제 오나?"

"네."

아버지의 물음에 비해 내 대답은 너무도 짧았다.

내가 먼저 문을 열고 집으로 들어왔다.

아버지도 풀이 죽은 모습으로 들어오셨다.

그리고는 담배 한 개피를 꺼내 무셨다.

담배를 끊으려는 아버지가 담배를 피셨다.

2001년 5월 24일

버림받은 성적표

부산 고등 학교 1학년 장기준

"성적표 갖고 와 봐."

"여기요."

"이게 뭐고. 이게 성적표라고 갖고 왔나?

니 이 실력으로 대학 갈 수 있는지 아나?

내일 당장 공고로 옮겨."

"싫습니다."

찌익—, 사정없이 성적표를 찢어 버린다.

주먹이 불끈 쥐어졌다.

벽을 맘껏 후려치고 싶다.

"장기준."

"예."

"니 정말 이랄래? 아버지는 니 하나만 믿고 사……."

말을 이으시지 못했다. 또 다른 아버지 모습이 보인다.

못난 아들이구나.

성적표가 싫다.

이깟 게 뭔데 나와 아버지 사이를 갈라놓아.

2000년 11월 18일

노가다

부산 고등 학교 2학년 장밝음

지난 토요일 일이다.

집에 혼자 있어서 친구를 불러

같이 자기로 했다.

친구가 오자마자

"마, 내일 노가다 가자."

나는 거절했다.

"괜찮다. 쉽고 빨리 끝나고 돈도 많이 준다."

친구의 권유에 나는 끝내 넘어갔다.

다음 날 새벽 여섯 시

잠이 오지만 친구 잔소리가 심해

현장 사무실로 같이 갔다.

우리는 철거하는 곳에 지정되었다.

나는 초짜라 삽질해서 트럭에 옮겨 싣는 일만 했다.

열두 시간 동안 계속했다.

땀은 얼마나 흘렀는지

인제는 땀이 나오지도 않는다.

아버지 생각이 났다.
일을 끝내고 4만 원이라는
생각보다 많은 돈을 받았다.
돌아가는 길에
아버지 만 원짜리 스킨을 한 개 사서
집에 갔다.

2002년 6월 20일

고3 생활

부산 고등 학교 2학년 박철희

1

주섬주섬 가방에 무엇을 가득히 쑤셔 넣는 형에게

"야, 니 일요일인데 어디 가노?"

"몰라서 묻나."

"어."

"학원 간다이가."

"아, 맞다."

"야, 이불이나 펴 놓고 있어라."

"알았다. 빨리 가라."

2

오락하는 형에게

"야, 니는 공부도 안 하나?"

"……."

"니처럼 공부 안 하는 고3 처음 봤다."

"……."

컴퓨터를 끄더니 형이 하는 소리,

"철아, 내일 새벽 세 시에 좀 깨아 도."

"왜?"

"공부 좀 하게."

"일어날 수 있나?"

"일어난다. 깨아 주기나 해라."

"알았다."

3

띠르르룽.

"야, 일어나라. 세 시에 깨아 달라며?"

"알았다. 일어난다."

"아! 씨, 안 일어나나."

"……."

"일어날 끼가? 그냥 잘 끼가?"

"휴우, 철아 그냥 자자."

4

"니 뭐 하노?"

"공부 좀 하게. 새벽에는 못 일어나겠다."

"알았다. 먼저 잘게. 라디오 끌까?"

"아니, 됐다. 놔 두라."

"그래도 공부에 방해된다이가."

툭, 음악 소리가 꺼지자

형은 그새 다시 책장을 넘긴다.

2001년 5월 25일

*깨아 도 : 깨워 줘.

나는 잘못이 없는데

부산 고등 학교 1학년 권광석

집에 들어갔다.

엄마와 아빠가 싸우신다.

"왜 맨날 싸돌아다니는 거야."

"내가 언제?"

나는 얼른 방으로 갔다.

잠시 조용하더니

엄마가 울면서 내 방으로 왔다.

그러자 아빠가 문을 쾅 열면서 따라 들어왔다.

평소와 다른 아빠 얼굴

아무 잘못도 없는 나에게

"공부나 해."

"소심해 가지고 자신감도 없는 놈."

난 아무 말도 못 했다.

아빠가 나갔다.

가만히 앉아 있는데

나도 모르는 사이에 자꾸 눈물이 흘렀다.

2000년 10월 5일

인사

부산 고등 학교 2학년 장창원

오늘은 드디어 시험이 끝났다.

그리고 친척들끼리 모여서 외식하기로 했다.

5시 30분에 작은엄마와 작은아빠가 오셨다.

"안녕하세요?"

그러면 작은엄마가 묻는다.

"시험은 잘 쳤니?"

6시에 큰엄마가 오셨다.

"안녕하세요?"

그럼 또다시 큰엄마는 묻는다.

"시험은 잘 쳤니?"

7시 20분에 고모가 오셨다.

"안녕하세요?"

그럼 또다시

“시험은 잘 쳤니?”

언제쯤이면 이런 첫인사를 안 들을지.

2002년 7월 6일

자유

부산 상업 고등 학교 1학년 최원찬

"원찬아, 집 잘 보고 있어라."

나를 뺀 우리 식구 모두는 할머니 집에 갔다.

심심하다.

틱, 컴퓨터부터 켠다.

평소에는 그토록 하고 싶던 오락이

오늘따라 질린다.

틱, 텔레비전을 켠다.

일요일 오전, 재방송밖에 더 하겠나.

까스렌지에 불을 켠다.

오늘 점심은 라면이다.

그렇게 맛있던 라면이 오늘은 맛없다.

오늘은 자유일 줄 알았는데

오늘은 특별한 줄 알았는데

틱틱, 컴퓨터를 끄고

텔레비전도 끄고

이상하게 늘 보던 그 얼굴들이 보고 싶다.

2004년 6월 11일

돈

부산 상업 고등 학교 3학년 김민석

할머니 집에서 제사를 지냈다.

오랜만에 삼촌들과 사촌 동생들을 만나니 좋다.

제사를 지내고 나서 삼촌들과 이야기를 했다.

옆에서 막냇삼촌이 지갑을 꺼내더니 돈을 세고 있었다.

느낌이 왔다.

나는 최대한 예의를 갖추고 앉아 있었다.

막냇삼촌이 나한테 5만 원 주면서 쓰라고 하였다.

나는 최대한 예의를 갖추면서 괜찮다고 하였다.

한 서너 번 팅기니깐

돈을 지갑에 도로 넣는 것이 아닌가.

나는 표정 관리를 했다.

2003년 5월 23일

주인집 개

부산 고등 학교 1학년 심항용

우리 집 옥상에 있는 주인집 개

순종인지 잡종인지 알 수 없지만 진돗개란다.

마음에 안 드는 녀석

나는 녀석이 옥상에 있는 게 기분 나쁘다.

불쌍한 우리 집 개

우리가 집에서 개 키울라 할 때

"사람 위에 개 키우는 거 아닙니다."

집주인은 이렇게 나불댔다.

주인집 개 때문에 우리 집 개는

어둡고 차가운 지하실에서

혼자 쓸쓸한 하루를 보낸다.

그런데 주인집 개는 주인보다 더 높은 데 산다.

녀석이 햇볕을 받을 때

우리 개는 형광등 불빛을,

녀석이 푸른 하늘을 볼 때

우리 개는 칙칙한 천장을,

우리 개를 보면
나는 가슴이 터질 것 같다.
내가 오면 꼬리를 살랑살랑 흔든다.
나는 한 손으로 부드럽게 쓰다듬고
다른 한 손은 주먹을 꽉 쥔다.

2000년 11월 19일

개 목의 노끈

부산 상업 고등 학교 3학년 최지왕

쓰레기를 뒤지는 개가 있다.

썩은 고기를 먹더니 켁켁거린다.

목에는 꽉 조여든 노끈이 묶여 있다.

개에게 다가가서 그 줄을 풀어 준다.

풀다가 손을 물렸다.

손에서 피가 난다.

개 목에도 피가 고여 있다.

피가 주르륵 흐르는 노끈

가슴이 답답해진다.

2003년 10월 14일

커져 가는 거짓말

부산 고등 학교 1학년 이상락

초등 학교 6학년 때, 오락에 미친 나는 아침 일찍 오락실로 등교해 밤 열두 시까지 있게 되었다. 집에 들어가면 죽음이다. 난 울면서 집에 들어갔다. 울면서 집에 들어가서는 산에서 묶인 채로 깡패들에게 잡혀 있었다고 했다. 아버지는 울고 있는 나를 믿고 파출소로 데리고 갔다. 파출소에 간 나는 또 그렇게 거짓말을 할 수밖에 없었고 경찰 아저씨는 같이 산에 가자고 했다. 산에 갔다 내려온 나는 경찰서에 사건을 적어 놓고 왔다. 아직까지 이 거짓말은 비밀로 남아 있다.

1999년 11월 15일

염소를 몰고 온 외할머니

부산 강서 고등 학교 2학년 김지윤

어느 날 갑자기 외할머니가
만삭이 다 된 어미 염소를 몰고
우리 집에 오셨다.

갑자기 찾아오신 할머니와
그 옆에 따라온 배부른 염소를 보고
우리 식구는 모두 놀랐다.

외할머니는 외할아버지랑 싸우고
홧김에 와 버렸다고 하셨다.
염소는 왜 데리고 오셨느냐고 묻자
"얼마 안 있어 새끼 낳을 낀데
새끼 낳을라면 내가 옆에 있어야제."
우리 식구는 모두 한숨을 쉬었다.

저녁에 외할아버지한테 전화가 왔다.

할머니가 우리 집에 계신다는 말을 듣고
마음이 놓인 듯 전화를 끊으셨다.

다음 날 염소는 자기와 쏙 빼닮은
새끼 두 마리를 낳았다.
새끼 염소가 너무나 귀여웠다.

할머니는 하루 더 주무시고
염소를 데리고 집으로 돌아가셨다.

1998년 6월 13일

할머니의 허전한 뒷모습

부산 고등 학교 2학년 문현백

오랜만에 할머니 집에 모인 친척들
모두들 모여 즐거운 이야기를 나누며
추석 맞을 준비를 한다.
할머니도 손자들이 왔다고 좋아하신다.
내일이면 모두 떠날 것인데
그러면 할머니는 또 혼자 남아 계실 건데
그래도 오늘만은 좋다.
오늘만은 모여 앉아 맛있는 음식도 먹으며
할머니 일도 도와 드릴 수 있으니 말이다.

좋은 시간도 잠시
사촌들이 뿔뿔이 집으로 돌아간다.
나도 할머니께 인사한다.
"할머니 다음 방학에 한번 놀러 올게요.
안녕히 계세요."
할머니는 내 손에 돈 만 원을 쥐여 주시며

형하고 싸우지 말고 공부 열심히 하라고
따뜻하게 말씀하신다.
그리고는 쓸쓸히 들어가신다.

2002년 9월 28일

입양

부산 상업 고등 학교 3학년 조한규

우리 이모는 성남에 산다.

4년 전만 해도 아들 하나밖에 없었지만

3년 전부터 여자 애 둘을 입양하셨다.

둘 모두 예쁘고 귀엽다.

하지만 두 번째 애를 입양한 지

두 달이 조금 지났을 때

둘째 아영이가

뇌성마비를 앓고 있었다는 것을 알게 되었다.

그 때부터 둘째 아영이의 병 치료를 위해

많은 고생을 하셨다.

날마다 성남에서 서울까지 가서

재활 치료를 하셨다.

이모부는 직장까지 그만두시고

아영이의 재활 치료에 힘쓰셨다.

이모와 이모부는 아영이 일 때문에

텔레비전에도 나오셨다.

난 아직도 텔레비전에서
이모부가 눈물을 흘리며
하신 말씀이 기억이 난다.
"남들은 모두
데려온 자식이 그런 병에 걸렸으면
왜 다시 돌려주지 않고
아직 데리고 있냐고 하지만,
우리는 그러지 않을 것입니다.
자식 키우는 부모가
데려온 자식이든 낳은 자식이든
어떻게 버릴 수 있겠느냐."
이게 부모 마음이고 사람의 도리인 것 같다.
정말 우리 이모부가 존경스럽다.

2004년 9월 9일

외갓집 감나무

부산 고등 학교 2학년 엄동현

외갓집 마당에 있는 감나무 두 그루

커다란 감나무 두 그루는

제 주인인 외할아버지가

돌아가신 줄 아는지

감도 열리지 않고

가 볼 때마다 앙상해져 간다.

예전의 모습을 볼 수 없다.

할아버지를 볼 수 없듯이.

2002년 6월 26일

마지막 용돈

부산 상업 고등 학교 3학년 최용성

고모부 병문안을 갔다.

고모부는 심장병으로 입원해 계신다.

누워 계신 고모부가 일어나서 반겨 주신다.

원래는 뚱뚱하셨는데 살이 많이 빠지셨고

얼굴빛도 안 좋아지셨다.

병문안을 마치고 나오는데

고모부가 바지를 주섬주섬 챙기시더니

만 원짜리 하나를 쥐여 주면서

"이거 고모부가 주는 마지막 용돈이 될 것 같네."

그 말을 듣고 돌아 나오는데

눈물이 났다.

2003년 10월 10일

3부

할머니 제가 도와 드릴까요?

사는 건

부산 고등 학교 2학년 박철회

아무 생각 없이 걷다가
멈춘 곳은 리어카 앞이었다.
내 눈은 리어카 주인한테 가 있었고
하지만 그냥 돌아섰다.
자꾸만 돌아보고 싶어져서
멀리서 고개를 돌려 그 곳을 보았다.
보랏빛 꽃무늬 몸빼 바지가 마냥 편한 듯
바닥에 주저앉은 할머니.
때는 5시가 다 되어 가건만
늦은 점심인지 이른 저녁인지
사각 카스테라 빵을 자꾸 뜯어 먹는다.
나는 조금이나마 알 것 같다.
사는 건 힘들다는 사실을.

2001년 9월 18일

쪽자 할머니

부산 상업 고등 학교 3학년 박상일

놀이터를 지날 때면

쪽자 할머니가 지금도

여전히 같은 곳에 앉아 계신다.

어렸을 적

200원 들고 할머니한테 가서

쪽자를 먹었던 기억이 난다.

별 모양, 십자가 모양, 하트 모양…….

쪽자 위에 찍어 낸 모양을

바늘로 콕콕 찍어 댄다.

실패하면 아쉬워하고

성공하면 덤으로 쪽자 하나를 더 받는다.

그 때만큼 기분 좋았던 적은 없었다.

지금도 예전과 같은 곳에 계시지만

어렸을 적 애들의 재롱에 즐거워하시던

할머니 모습이 보이질 않는다.

피자나 햄버거에 익숙해져 있는

요즘 애들에게는 인기가 없나 보다.

홀로 외로이 놀이터를 바라보시는

할머니 모습이 안타까워 보인다.

예전처럼 애들한테 둘러싸여

행복해하시는 할머니 모습을

볼 수 있었으면 좋겠다.

2004년 9월 8일

폐품 모으시는 할머니

부산 상업 고등 학교 3학년 이상현

우리 동네에는 폐품이면 폐품

병이면 병

돈이 될 만한 것이면

무엇이든 주워 모으는 할머니가 계신다.

구부러진 등에

다 낡은 고무신,

머리에는 비녀 대신 숟가락을 꽂고.

내가 운동을 마치고 집으로 오는 길에

폐품 모으시는 할머니를 만났다.

"할머니, 제가 좀 도와 드릴까요?"

"젊은 총각, 고마워."

하시면서 폐품을 수레에 좀 옮겨 실어 달라고 하셨다.

하루 종일 모은 폐품이 담긴 수레를 끌고

폐품 파는 곳까지 갔다.

고물상 아저씨가 할머니보고

"오늘도 수고 많으시네요, 할머니."

그러자 할머니는 많이 쳐 달라고 하셨다.

할머니가 하루 종일 모은 폐품 값은 2,300원이었다.

할머니는 고맙다고 하면서

맛있는 거 사 먹으라고 천 원을 주셨다.

나는 받을 수가 없었다.

힘들게 일하시는 할머니에 비하면

내가 할머니를 도운 것은 당연한 일로 여겨졌다.

할머니는 세상에 이런 총각들만 있었으면 좋겠다고 말
하셨다.

2004년 9월 2일

1998년 겨울, 고추 튀김

부산 상업 고등 학교 3학년 박철우

내 어릴 적 가장 친한 친구

귀환이는 엄마 아빠가 이혼을 하고

엄마는 혼자서 리어카에

고추 튀김, 떡볶이, 오뎅 같은 것을 팔았다.

그걸 부끄러워했던 귀환이는

나에게조차 자기 엄마를 보여 주려 하지 않았다.

어느 날 리어카를 끌고 가는 귀환이 엄마와

우리 둘이 같이 마주쳤다.

나는 얼른 리어카를 밀어 드렸고,

귀환이는 돕는 척하다가

배가 아프다고 들어가 버렸다.

나 혼자 얼떨결에 돕고 있었다.

귀환이 엄마는 고맙다며

팔다 남은 고추 튀김을 주셨다.

난 받기는 받았지만

솔직히 너무 먹기가 싫었다.

먹는 척하고 얼른 자리를 떴다.

그리고는 먹은 것을 다시 뱉어 내어 버렸다.

그 때는 그게 끝이었다.

별 느낌이 없었다.

그러나 요즘 들어 우리 엄마 아빠가

아주 힘들어하시는 걸 보면

귀환이 엄마와 고추 튀김 생각이 난다.

그 때 뱉었던 고추 튀김이.

2004년 6월 9일

귤 파는 아저씨

부산 상업 고등 학교 1학년 손지영

서면 지하철역에서 나오는데

"으어어어으어." 하는 소리가 크게 들렸다.

깜짝 놀라 쳐다보니

큼지막한 글씨로

'1개에 100원'이라고 써 놓고

뇌성마비 같은 삼십대 중반 아저씨가

귤을 팔고 있다.

양손을 꼬며

수레 안쪽에 있는 귤을 가리키다가

다시 알아들을 수 없는 말을 크게 소리친다.

제법 쌀쌀한 날씨인데도

얇은 긴 팔 옷을 입은 아저씨

눈이 떠지지 않아

찌푸리고 소리를 질러 댔지만

손님은 아무도 없다.

그 때, 인상 좋으신 아주머니가

다가가 귤을 산다.

말을 알아듣기 힘들었을 텐데도

그 아저씨와 의사 소통을 하며 귤을 사셨다.

아저씨는

아주머니가 참 고마웠을 텐데도,

웃으면서 "고맙습니다."

말해 주고 싶었을 텐데도

자신의 의지대로 움직여지지 않는 몸이

얼마나 원망스러울까.

저렇게 힘든 사람도

포기하지 않고 산다는 것이

나를 초라하게 만들었다.

2004년 9월 9일

네 개에 천 원

부산 상업 고등 학교 3학년 유혜성

학교 마치고 버스를 갈아타려고

지하철 교대역에서 내렸다.

계단을 올라가면

늘 보이는 트럭이 한 대 서 있다.

자그마한 빵을 구워 파는데

맛있어 보여 사려고 다가갔다.

아저씨와 아주머니가 앉아 빵을 굽고 있다.

빵을 어떻게 파냐고 물어 보니

아주머니가 차에 붙여 놓은 종이를

손가락으로 가리킨다.

'네 개에 천 원'

내가 빵을 가리키며

"이거 두 개랑 이거 하고 이거 주세요." 하니

고개를 깊이 한 번 끄덕이고는

빵을 봉투에 넣는다.

돈을 내고 돌아서서

버스를 기다리며 의자에 앉았다.

어쩌다 두 분을 봤는데

두 분이 마주앉아 손으로 대화를 나누고 있다.

먹고 있는 두 번째 빵이

첫 번째 것보다 더 맛있다.

다음에 빵을 살 때는 휙 돌아서지 말고

"안녕히 계세요." 하고

인사라도 하고 웃으며 돌아서야겠다.

2004년 9월 2일

구포 농협 길

부산 상업 고등 학교 3학년 박인순

덕천동 구포 농협 골목에 보면
돗자리를 깔아 놓고
물건을 파는 아줌마가 있다.
지갑, 손수건, 머리방울…….
볼 때마다 파는 물건도 다르고
파는 장소도 다르다.
몇 년 동안 이 골목에서 장사해 온 사람들에게 치여
하루에도 여러 번
장소를 옮겨 다니며 장사를 하신다.
일요일 오후
어김없이 쫓겨나는 아줌마의 얼굴은
울 것 같은 표정이었다.
나이를 보아하니
우리 엄마 나이쯤 되어 보이는데
자식들은 엄마가 이렇게 힘들게
돈을 번다는 걸 알고 있을까?

이 모습을 아줌마의 자식들이 보았다면
얼마나 가슴이 아플까.

2004년 9월 6일

담배 물고 있는 할머니

부산 상업 고등 학교 3학년 민태민

엄마 가게 일을 도와 준다며

나선 적이 있는데

엄마 가게를 가려면 시장을 거쳐 가야 한다.

나는 시장을 좋아한다.

온갖 물건을 팔고

열심히 일하는 사람들이 보기 좋다.

시장 끝을 지날 때였다.

모서리에서

버젓한 자리도 없이 보자기 하나 펴 놓고

깐 마늘을 파는 할머니가 보였다.

우리가 생각하는 시장 이미지의 할머니가 아니다.

정말 나이가 되어 보인다.

입에는 담배를 물고 가만히 앉아 있었다.

일어나서 사람들을 붙잡지도 않고

사 가라는 소리도 하지 않는다.

그저 담배만 물고 있다.

엄마 일을 돕고

엄마와 다시 시장을 지나 집에 오는데

할머니가 아까 그 자리를 지키고 있었다.

나는 일부러

"엄마, 집에 마늘 있나?"

슬쩍 물어 봤다.

엄마는 내 얼굴을 보더니

"집에 마늘 쌨다."

혼자서 속으로

'하나 사 주면 안 되나.'

하면서 할머니를 지나 왔다.

괜히 할머니에게 미안했다.

2004년 9월 8일

면봉과 이쑤시개

부산 상업 고등 학교 3학년 함수정

지하 상가

사람들이 지나간다.

모두 어두운 표정으로

모두 빠른 걸음으로

사람들이 지나간다.

계단 중턱에 한 아저씨가 앉아 있다.

얼굴은 아주 검다.

손등은 타서 이리저리 갈라져 있다.

머리카락도 구불구불 제멋대로 뻗쳤다.

거뭇거뭇하게 묻은 바지를 입고서

하얀 색이었을 운동화를 신었다.

목이 늘어난 티셔츠에

주머니 귀퉁이가 떨어진 조끼를 입고

한 아저씨가 지하 상가 계단 중턱에 앉아 있다.

그 앞에는 면봉과 이쑤시개가 어지럽게 놓여 있다.

종이 박스 쪼가리에 아무렇게나 쓴 글씨로

'2개 천 원'
아저씨의 애타는 눈을
아무도 보지 않는다.
하지만 아저씨가 잠시 자리에서 일어나 절뚝거리자
사람들은 힐끗거렸다.
절뚝거리는 아저씨의, 비틀어진 손목보다
사람들의 힐끗거림이 더 부끄럽다고 생각했다.

2004년 9월 6일

계란 아저씨

부산 상업 고등 학교 3학년 김병관

날마다 오후 두 시쯤이면
우리 아파트 단지 안에
스피커가 크게 울린다.
"싱싱한 계란이 왔습니다.
싱싱한 계란이 왔어요."
그에 질세라 경비 아저씨의 호각 소리가
더 크게 들린다.
"아저씨 내가 여기서 장사하지 말랬잖아요.
한두 번도 아니고 원."
경비 아저씨가 뛰어나오면
계란 파는 아저씨는 크게 방송을 한 번 더 하고
차를 돌린다.
다음 날 오후 두 시쯤
아파트 단지 안에는
또다시 계란 파는 아저씨의 목소리가 들린다.

2004년 9월 2일

봉사 활동

부산 상업 고등 학교 3학년 이정연

방에 들어가는 순간

쾨쾨한 냄새가 났다.

하나같이 다 헤어진 옷을 입은

까까머리 아이들

이름표를 보니 모두 예쁜 이름이다.

까까머리 병태는

앉아서 자꾸 머리를 벽에 쿵쿵 박는다.

그러면서 끝없이 울어 댄다.

민지는 양 갈래로 묶은 머리를 풀더니

다시 묶어 달라 한다.

그리고는 또 풀고, 또 풀고 한다.

눈 사이가 먼 민수는

내 바지 옷자락만 잡고 있다.

내가 문을 나갈 때까지 잡고 있다.

2003년 5월 21일

횡단보도에서

부산 상업 고등 학교 3학년 손아름

아침에 버스 타러 뛰어가다가

빨간 불을 보고 횡단보도 앞에 섰다.

뛰느라 헐떡거리고 있었다.

조금 있으니까 초록 불로 바뀌었다.

어떤 모르는 할머니가 내 팔을 덥석 잡더니

"학생 같이 건너가."

낡은 흰 옷에

흰 머리를 단정히 묶으신 분이었다.

내 팔을 잡고 건너는데

8차선이 길게 보였다.

다른 사람들은 왜 그렇게 빨리 가던지

나를 의지해 가는

할머니가 안쓰러워 보였고

다른 때는 잘 건너실까 하는 생각이 들었다.

중간 정도 갔을까

초록불은 벌써부터 깜박거리고 있었다.

재촉하려 했지만
한 걸음, 한 걸음 걷는 모습에
그럴 수가 없었다.
다 건너와서
"학생 고마워." 하고 말하시고는
제 갈 길로 가셨다.

2004년 9월 11일

할아버지와 강아지

부산 상업 고등 학교 1학년 김지연

아침 해가 뜨고 학교를 나설 때
우리 빌라 앞에
할아버지와 강아지가 있다.
아침 일찍 나와
할아버지는 앉아 계시고
강아지는 할아버지 옆을 지키고 있다.

내가 계단을 내려와
버스 정류장으로 발걸음을 옮길 때
강아지도 발걸음을 뗀다.
앙칼진 소리로 짖으며 할아버지를 인도한다.
왼쪽 앞다리 하나가 없어도
할아버지 두 눈이 되어 준다.

짧은 세 다리로 뒤뚱뒤뚱 걸으며
할아버지와 함께 조심스레 산책에 나선다.

내가 앞서 가면
강아지와 할아버지한테 방해가 될까
몇 걸음 뒤로 물러나 천천히 따라간다.

이 광경을 지켜본 우리 동네 아주머니들은
강아지가 병에 걸려 버려졌을 때
할아버지가 구해 주어서
지금 할아버지 두 눈이 되어
은혜를 갚는 거라고,
훈련도 시키지 않았는데
대견스럽다고 칭찬한다.

2004년 9월 7일

치매 할머니

부산 상업 고등 학교 1학년 황영학

우리 옆집에 나이 드신 할머니가 사시는데
치매에 걸려서 행동이 조금 이상하다.
야밤에 '휙' 하고 우리 집 거실 앞에 서 있기도 한다.
지금은 익숙해졌지만
전에는 텔레비전을 보다가 깜짝 놀랐다.
할머니는 남편과 같이 사는데
할아버지는 집을 자주 비운다.
그럴 때 할머니는 한밤중에 혼자서
영감과 이야기를 한다.
"영감, 오늘 낮에 화분을 엎질렀어요."
"영감, 집에 물이 없어요."
"영감, 오늘은 웃집 사람이랑 쑥 캐러 갔어요."
할머니는 오전 열한 시쯤이면
제정신으로 돌아올 때가 있는데
요새는 그마저도 줄어들고 있다.
정신이 돌아왔을 때는 어떨까.

치매 할머니

평소와 다르게 정상으로 행동하시지만

말수는 더 줄어든다.

어떤 생각을 하시는 걸까.

치매 때 했던 행동이 생각나서

괴로워하고 계실까.

얼마 전에 드라마시티를 보고 있었는데

치매 걸린 할머니가 나와서

남의 일 같지 않았다.

그 드라마 속의 할머니는

결국 양로원으로 갔지만

옆집 할머니는 어떻게 될까.

할머니께 잘 해 드리고 싶지만

왠지 꺼림칙한 기분 때문에 다가서기가 어렵다.

다른 건 하지 못하더라도

인사라도 밝게 해야겠다는 생각이 든다.

2004년 9월 4일

선입견

부산 상업 고등 학교 3학년 강상완

"으쌰, 으쌰."
일요일 아침부터 시끄러운 소리가 났다.
창문을 열고 밖을 보니
옆집에 누가 이사를 왔다.
슈퍼에 뭘 좀 사 먹으러 나가다 보니
이사 온 사람인 듯한 두 사람이
이야기를 하면서 집으로 들어가는데
장애인이다.
남편인 듯한 분은 다리가 불편하고
아내인 듯한 분은 말을 몹시 더듬거렸다.
난 누가 시키지도 않았는데
두 사람을 약간 경계하게 되었다.

그러던 어느 날
밤사이 비가 아주 많이 온 아침이었다.
대문을 연 나는 깜짝 놀랐다.

누가 내 오토바이를

비닐 봉지와 쌀 포대 같은 걸로 덮어놓은 것이다.

그것들을 치우고 가려는데

"하 하 학생, 조 조심 히 가."

이사 온 옆집 아주머니셨다.

난 그제서야 알았다.

젖지 않은 내 오토바이가

옆집 아주머니의 배려란 것을.

2004년 9월 6일

옆집 아이

부산 상업 고등 학교 3학년 양우정

통통한 체격에

안경을 끼고

어두운 얼굴로

멍하니 텔레비전을 보고 누워 있는 아이

상체는 제 나이처럼 열두 살로 보이지만

하체는 여섯 살 꼬마의 가녀린 다리다.

처음 이사 왔을 때에는

다른 아이들처럼 잘 뛰어다녔는데

6년 전 교통 사고로

하루 아침에 하반신 마비가 되어 버렸다.

기저귀를 차고

휠체어에 앉아서

밖에서 뛰어 노는 아이들을 바라본다.

나랑 노는 걸 좋아하는 아이

같이 있을 땐 내색하지 않지만

나는 혁이가

나중에 더 큰 세상을 보며

겪을 일을 생각하면 가슴이 아프다.

2004년 9월 4일

하모니카 부는 할아버지

부산 고등 학교 2학년 박기섭

학교 마치고 학원 가려고
지하철을 타고 서면에서 내려
동보 서적 출구로 나가면
밤마다 이 사람이 있다.

눈을 감고
한 손은 지팡이를 붙잡고
한 손엔 하모니카를 들고 불며
모자로 돈을 기다린다.

그 사람을 볼 때마다
'연탄길' 이란 책이 생각난다.
그 책에는 이런 내용이 있다.

엎드려 구걸하는 사람을
그냥 지나치는 것은

그 사람의 인격을 짓밟는 것과 같다.

그러기에 나는 돈을 가끔 넣는다.
하지만 왠지 손이 부끄러운
그 이유가 뭔지.

2002년 6월 26일

종국이

부산 상업 고등 학교 1학년 박보미나

초등 학교 때에
‘종국’이라는 좀 모자라는 아이가 있었다.
까까머리에 조그만 땜빵도 있고
나이도 우리보다 두 살 많았다.
옷은 꾸질꾸질하고
목이 다 늘어난 두세 벌이 전부였다.
키가 크고 피부는 까무잡잡했다.
언제나 애들 놀림감이 되었다.
그래도 종국이는 무뚝뚝하게 아무 말 안 했다.

어느 날, 방과 후 특별 수업 때문에
혼자 집에 가는 날이었다.
폐차장 쪽을 지나고 있었는데
낯익은 목소리가 들렸다.
“아저씨, 많이 좀 쳐주세요.”
종국이였다.

수레에 고물을 잔뜩 싣고
아저씨랑 실랑이를 벌인다.
고물들을 다 내리고
어떤 아저씨를 빈 수레에 태우고
천천히 폐차장을 나왔다.
종국이 아버지이신 것 같았다.
멍하니 보고 있는 나랑 눈이 마주치자
그 무뚝뚝하던 종국이가
'씨익' 하고 웃었다.

2004년 9월 7일

남녀 평등

부산 상업 고등 학교 3학년 권경진

교장 선생님이 상을 준다.
옆에 젊은 여선생님이 계신다.
도대체 왜 젊은 여선생님만 세우는지
굉장히 기분 나쁘다.

2004년 7월 3일

미군 희생자

부산 고등 학교 2학년 조덕상

월드컵 환희에 젖어 있던 6월

소녀 둘이 억울한 죽음을 당했다.

세계는 한국을 주목했지만

한국은 그들을 주목하지 않았다.

그리고 11월에는

우리는 소녀 둘에 이어 나라도 잃었다.

버젓이 무죄 판결을 받고 걸어 나오는

가해자 미군들이 뉴스에 나왔다.

그들은 카추샤 앞에서

사건 얘기를 하며 웃어 댔다고 한다.

사람 목숨을 둘씩이나 빼앗은 가해자에게

무죄를 선고할 수 있는 나라.

그것을 뻔히 보면서도

아무런 손도 쓸 수 없는 나라.

어느 쪽이 잘못하고 있는 건지.

2002년 11월 23일

슬픈 세상

부산 고등 학교 2학년 박주성

모두가 공만 쳐다볼 때
작은 꽃 두 송이가 시들었다.
육중한 쇠수레에 깔렸다.
나도 몰랐다.

쇠수레를 몰았던 미군들은 어떻게 됐을까?
잘 살고 있다.
그들은 바보인가
바보는 죄가 용서되니까.
그들이 바보가 아니고
그런데도 용서가 된다면
그 세상은 정말 슬프다.
살인죄도 용서가 되면
더 이상 정의는 있을 수 없다.

가해자가 가해자를 심판하는 세상

슬픈 세상이다.

2002년 11월 26일

*2002년 6월 13일 중학생 심미선, 신효순이 미군 장갑차에 치여 숨졌다. 미선이, 효순이를 죽인 미국 군인들은 주한 미군 법정에서 재판을 받고 무죄로 풀려났다.

무언

부산 고등 학교 2학년 나윤채

미제 재판관, 미제 변호사, 미제 원고
아름다운 나라의 것들로
아름다운 판결, 무죄가 나왔다.

미국의 종속자 아닌 종속자
한 마디 못 한 채 고개 숙여
시간만 흘러간다.

미국의 작은 테러에
눈을 감은 여린 동생들에게
할 말이 없다.

미안하다.
정말로 미안하다.
할 말이 없다.

2002년 11월 23일

주한 미군에게

부산 고등 학교 2학년 이영일

오늘도 한 맺힌 가슴 안고 무의미한 시위에 나선다.

전경들의 몰매를 맞으며 울분을 토해 낼 때,

정작 미군들은 차를 마시며 농담을 주고받는다.

끔찍한 시체 사진을 보며 피눈물을 쏟을 때,

한 미군은 삿대질을 하며 입가엔 미소를 띄운다.

너희들은 분명 따뜻한 체온과 눈물을 가지고 있는가?

나중에 반드시 올 후환이 두렵지도 않은가?

꼭 묻고 싶다.

영원히 날 수 없을 한 맺힌 두 아이가

무슨 죄가 있다고 다시는 날 수 없게 만든단 말인가.

너희에게 그나마 자그마한 양심이 숨어 있다면

부디 그 양심이 제자리를 찾아 눌러앉아 주기를 바란다.

2002년 11월 23일

마지막 말

부산 상업 고등 학교 3학년 주예진

"아이 워나 고 투 코리아

플리즈, 플리즈, 플리즈……."

마지막까지 끝없이 되풀이한 말

"한국에 가고 싶어요.

제발, 제발, 제발……."

다시는 이 처절하고 비참한 말이

되풀이되지 않길.

2004년 7월 3일

*2003년 봄에 미국이 이라크를 침공했고 한국도 이라크에 파병했다. 그 뒤 2004년 6월에 이라크에 있던 김선일 씨가 알 자르카위 소속 무장 단체에게 살해됐다. 위 시는 김선일 씨가 남긴 말을 듣고 쓴 것이다.

미국이 말하는 민주주의

부산 상업 고등 학교 1학년 정영찬

머리도 식힐 겸 텔레비전을 켰다.

미국 대통령 부시가 나와서

웃고 있다.

얼마 전에 신문을 봤는데

미국 여장교가 이라크 포로 목에

개 목걸이를 걸고 끌고 다니고 있었다.

과연 미국이 말하는 민주주의는 뭔가?

2004년 6월 11일

외국인 노동자

부산 상업 고등 학교 3학년 문동주

할아버지 사시는

왜관에 가면

플라스틱 제품 같은 걸 만드는

화학 공장이 있다.

언뜻 보기에는 기계로 찍어 만드는 것 같지만

속을 보면 다르다.

공장 가까이 가서 안을 들여다봤다.

외국인 노동자들밖에 없었다.

쇠로 된 원통에

총처럼 생긴 기계로

화학 물질을 골고루 뿌리고 있다.

한참을 뿌리다 말고 황급히 밖으로 나온다.

그 외국인 노동자는

모자와 마스크를 벗더니

기침을 하기 시작했다.

바싹 마른 몸에

콜록콜록 기침을 자꾸 하는데
뒤에서 어떤 사람이 불렀다.
옆에 빨랫줄에 걸려 있는 수건으로
눈물과 콧물을 대충 닦고
다시 힘없이 공장 안으로 들어간다.
하루에 10시간씩 일하고
한 달에 18만 원 받아서
집에 17만 원 부쳐 주고
만 원으로 한 달을 지낸다고 했다.

2004년 9월 7일

장애인 아저씨

부산 상업 고등 학교 1학년 이정원

선글라스에 휠체어를 탄

한 아저씨가 지하철을 타려고 하신다.

뒤에는 부인인지 동생인지

휠체어를 밀어 주고 있다.

지하철을 타려고 내려가려는데

휠체어 전용 전동 기계가 고장나서

내려가지도 못하고 머무르고 있다.

지하철 역무원이 와서 도와 주기는 하지만

그 장애인 아저씨 눈에는

슬픔밖에 보이지 않는 것 같다.

억지로 웃기는 하지만

얼마나 찢어지는 슬픔을 느꼈을까.

뒤에서 휠체어를 밀어 주는 여자는

지하철 역무원에게 욕까지 섞인 하소연을 한다.

“지랄 같은 정부는 뭐 하는데요?”

참, 그 모습을 보고 한동안 생각이 덤덤했다.

수많은 사람들 사이에 얼마나 뻘쭘할까.

하루빨리 우리 나라도

장애인이 불편하지 않게 살았으면 좋겠다.

2004년 9월 10일

노래하는 사람들

부산 상업 고등 학교 1학년 최원찬

하굣길에 롯데 백화점 앞

그 곳에서 날마다 노래하는 사람들을 본다.

머리에 붉은 띠를 두르고

판플렛을 들고

백화점 앞에

어떤 때는 지하 상가 안에

주저앉아 외친다.

무슨 사연이 있길래

알고 봤더니

모두 백화점에서 일하던 사람인데

아무 이유도 없이 짤려

하루 아침에 일자리를 잃은 분들이다.

오늘 하굣길에도 그분들을 본다

전번보다 인원이 줄어든 것 같다.

"힘내세요!" 말하고 싶지만

용기가 나지 않았다.

2003년 9월 3일

노가다 잡부 아저씨들

부산 상업 고등 학교 3학년 이수민

방학 동안 집에만 있으려니

눈치가 보여

아침 일찍 아버지를 따라 나섰다.

차를 타고 간 곳은 화명동 포도청 교회였다.

아버지는 목수여서 다른 쪽에서 일하신다고

나를 잡부 아저씨들에게 소개시켜 줬다.

피곤한 모습,

지치고 힘든 모습이

얼굴에 그대로 드러났다.

그러면서 서로 맞다고 싸운다.

합판 나르는 것을 가지고

서로 자기 방식이 맞다고 우기면서

힘을 더 빼는 거 같다.

같이 점심 먹으면서

왜 싸우시느냐고,

뭐 때문에 힘든 일을 하시느냐고 물어 보았다.

그러자 한 아저씨가

자식들 위해서라 말했다.

갑자기 서먹한 침묵이 흘렀다.

2004년 9월 2일

엮은이의 말

고등 학생이 시 쓸 틈이 있나?

고등 학생이 시 쓸 틈이 있나?

이 시집을 읽은 사람들은 한두 가지 궁금한 것이 있을 것 같아요. 무엇보다 '요즘 고등 학생들이 시 쓸 틈이 있나?' 하는 생각을 할 것 같습니다. 이 시집에 시를 쓴 아이들은 인문 고등 학교에 다니는 학생도 있고, 실업 고등 학교에 다니는 학생도 있고, 여학생도 있고, 남학생도 있습니다. 요즈음 고등 학생들은 실업계든 인문계든 오로지 대학 진학을 목표로 죽으나 사나 입시 공부에 목을 매는 판에, 어떻게 시를 쓸 여유가 있냐고 고개를 흔들 것 같아요. 우리 고등 학생들이 새벽에 집을 나서서, 학교에서 보충 수업과 자율 학습까지 마치면 밤 아홉 시나 열 시가 되고, 그 길로 다시 학원에 가서 또 두세 시간 공부하고 나면 밤 열두 시, 한 시가 넘어서야 집으로 돌아오는 판에 무슨 시 타령이냐고. 토요일, 일요일도 없고, 공휴일도 없고, 방학도 없이 학교에 가는 판에 무슨 시를 쓰냐고 이야기할 것 같습니다.

맞아요. 그렇기는 하지요. 하지만, 세상이 입시 하나로 우리를

를 몰아세울수록 시를 쓰는 일은 오히려 더욱 절실하다고 생각합니다. 시를 쓰는 일은 절대로 몇몇 전문가들만 하는 어려운 일이 아닙니다. 어른 아이 할 것 없이 누구나 할 수 있는 일입니다. 조금 잘 쓰기도 하고 서툴기도 하지만 그것은 중요하지 않습니다. 노래를 잘 부르거나 못 부르거나 누구나 즐겨 부르듯이.

우리는 국어 시간에 짬을 내어 시쓰기를 하였습니다. 공부 시간에 쓰기도 하고, 집에서 써 오기도 했습니다. 모두 제 삶과 마음을 담아 내려고 애를 썼지, 시 이론이나 형식에 매이지 않았습니다. 동무들이 쓴 시를 놓고 둘러앉아 서로 이야기를 나누면서 시 공부를 하였습니다. '어떤 시가 마음에 드는가?', '어디에 글쓴이의 눈길이 가 있는가?', '무엇에 마음을 주고 썼는가?', '어느 부분이 시가 되게 하는 간절한 말인가?', '빼도 좋은 말은 무엇이고, 빠뜨린 말은 무엇인가?', 주로 이런 이야기를 나누었습니다. 동무들이 쓴 시를 읽으면서 서로서로 배웠습니다.

우리는 시인이 되려고 시를 쓴 것이 아니라 삶을 가꾸기 위해 시를 썼습니다. 삶을 가꾼다는 말은 마음을 가꾼다는 말이지요. 느낌이 넉넉해지고, 생각이 깊어지고, 더 나아가 뜻을 올바르게 지니게 됩니다. 곧 사람다운 마음을 지니게 되는 거지요.

어떤 시가 좋은 시일까?

이 시집을 읽으면서 또 궁금한 것이 있을 것 같아요. 이렇게

쉬운 말로, 우리가 겪은 일을 솔직하게 써도 시가 되나, 이런 것이 시라면 나도 쓸 수 있겠네, 그런 생각을 하지 않았나요? 그래요, 시쓰기는 제 삶을 솔직하게 담아 내는 일에서 시작해야 합니다. 본 대로, 느낀 대로, 겪은 그대로 느낌을 붙잡아야 좋은 시가 되지요. 책상에 앉아서 머리로 지어 낸 시는 죽은 시입니다. 몸으로 겪은 일을 가지고 그 순간 마음을 잘 붙잡아 내야 시가 생생하게 살아나지요.

그런데 글쓴이의 마음이 느껴지고, 장면이 환히 그려지는 시를 보고는 산문 같다고 말하는 사람들이 가끔 있습니다. 그런 사람들은 온갖 기교를 부려 머리로 쓴 시를 좋다고 합니다. 전문 시인들 흉내를 내면 시답다고 칭찬합니다. 잘못된 생각입니다.

사람들은 '시는 이런 것이야.' 하는 판에 박힌 틀을 가진 듯합니다. 문예반 같은 데서 시를 쓰는 아이들은 더욱 그런 생각에 빠진 듯해요. "시는 고상한 말로 어렵게 써야 폼이 난다." 문예반 지도 교사를 하면서 아이들한테 들은 말입니다. 읽으면 글쓴이의 삶이 보이고 장면이 환하게 그려지는 시는 시시하다고 여깁니다. 교지에 실린 시들이나 백일장에서 상을 탄 시들을 보면, 제 삶은 온데간데없고 고상한 체하는 말들로 가득합니다.

상처 입은 가시나무새여 / 나는 도망쳤다. / 나는 봄을 배신했다. / '정의'에 난자당한 광장과 구호와 신념만이 / 허술한 안개처럼 흩날렸다.

─〈진공〉 부분, 고등 학교 2학년 ○○○

좀 심하게 말하면 배신, 정의, 광장, 구호, 신념, 진공, 이런 어려운 한자말을 모아 짜깁기를 한 듯하지요. 그런데 아이들은 이렇게 겉멋만 부린 시를 읽고 고개를 끄덕입니다. 잘 모르긴 해도 뭔가 들어 있을 거라고 생각하는 모양입니다. 그러나 다시 한 번 곰곰이 생각해 봐요. 이런 시를 읽으면 가슴을 찌르르 울리는 감동이 있나요? 무엇인가 새로운 것을 발견한 기쁨이 있나요? 글 쓴 사람이 살아가는 마음가짐을 엿볼 수 있나요?

또 시를 그저 재미나게만 쓰려는 아이들도 많아요. 그렇게 쓴 시들은 읽으면 웃음은 나오지만 오랫동안 끌리는 뒷맛이 없지요.

> 만화책을 빌려 보았다. / 몇 장 넘기다 보니 / 코딱지가 묻어 있었다. / 더러웠다.
>
> ―〈만화책〉, 고등 학교 3학년 ○○○

아이들은 이와 비슷한 시들을 곧잘 씁니다. 우습기는 해도 좋은 시라고 말하기는 어렵습니다. 글 쓴 사람의 진지한 삶이 보이지 않지요. 다른 사람이 함께 공감할 만한 절실한 마음이 느껴지지 않습니다. 겪은 일을 솔직하게 썼다고 해도, 무엇인가 다른 사람과 같이 느끼고 생각할 만한 가치가 있어야 좋은 시라고 할 수 있겠지요.

이 밖에도 아이들은 '노가바(노래 가사 바꿔 시쓰기)', '모방시', '삼행시', '공동시' 같은 것을 많이 씁니다. 시를 그렇게 쓰면 안 된다고 생각하지는 않아요. 그러나 그렇게 쓴 시들은 대개가 절실한 마음이 담겨 있지 않았습니다. 자신들의 진실한 삶이 빠져 있는 경우가 대부분이지요.

좋은 시는 읽고 나서 '참 그렇구나!' 하고 고개를 끄덕일 수 있어야 합니다. 절실하다고 할지, 간절하다고 할지, 애틋하다고 할지, 시를 쓴 사람의 마음이 고스란히 느껴져야 하지요. 그러자면 책상머리에 앉아서 짜 내면 그럴듯한 무엇이 나올 거라는 환상을 버려야 합니다. 보고, 느끼고, 겪은 우리 얘기를 솔직하게 시로 담아 내야 합니다. 승우가 쓴 시를 한번 읽어 봐요.

나는 바닷가에 자주 간다. / 바닷가 방파제에 누워 / 가만히 파도치는 소리를 / 들어본다. // 그리고 밤 하늘을 올라 보며 / 밤 하늘의 별을 본다. / 그리고 시계를 보다가 / 작은 바늘이 9를 가리키다 보면 / 일어난다. // 그리곤 조용히 집으로 돌아간다. / 네 시간의 야자 시간을 / 견디지 못한 탈출과 / 네 시간의 방황과 / 어쩔 수 없는 시간 메우기이다.

―〈바닷가〉, 김승우

승우는 오후 다섯 시쯤에 학교 공부를 마쳤지만 아홉 시까지 하는 야간 자습을 견디지 못하고 도망쳤습니다. 숨이 막혀서 뛰쳐나오기는 했지만, 같이 놀 동무도 없고 마땅히 갈 곳도 없습니다. 혼자 영도 바닷가 방파제에 누웠습니다. 승우가 영도에 살아요. 그렇다고 집으로 갈 수도 없는 노릇이지요. 그 심정 알 것 같지요? 승우는 그렇게 야간 자습을 마치는 밤 아홉 시까지 시간을 죽이고 있습니다.

시를 읽으면 승우가 어떻게 지내는지 환히 보입니다. 그러면서 자기도 모르게 승우 마음 속으로 들어가게 됩니다. 승우의 답답한 가슴도 느껴지고, 바닷가 방파제에 혼자 누워 시간을 메우는 쓸쓸함도 느껴지고, 그러다 밤 아홉 시가 되면 돌아가는 힘없는 발걸음도 느껴지지요.

상현이가 쓴 시도 한번 보세요.

우리 동네에는 폐품이면 폐품 / 병이면 병 / 돈이 될 만한 것이면 / 무엇이든 주워 모으는 할머니가 계신다. / 구부러진 등에 / 다 낡은 고무신, / 머리에는 비녀 대신 숟가락을 꽂고. / 내가 운동을 마치고 집으로 오는 길에 / 폐품 모으시는 할머니를 만났다. / "할머니, 제가 좀 도와 드릴까요?" / "젊은 총각, 고마워." / 하시면서 폐품을 수레에 좀 옮겨 실어 달라고 하셨다. / 하루 종일 모은 폐품이 담긴 수레를 끌고 / 폐품 파는 곳까지 갔다. / 고물상 아저씨가 할머니보고 / "오늘도 수고 많으시네요, 할머니." / 그러자 할머니는 많이 쳐 달라고 하셨다. / 할머니가 하루 종일 모은 폐품 값은 2,300원이었다. / 할머니는 고맙다고 하면서 / 맛있는 거 사 먹으라고 천 원을 주셨다. / 나는 받을 수가 없었다. / 힘들게 일하시는 할머니에 비하면 / 내가 할머니를 도운 것은 당연한 일로 여겨졌다. / 할머니는 세상에 이런 총각들만 있었으면 좋겠다고 말하셨다.

―〈폐품 모으시는 할머니〉, 이상현

시를 읽으면 상현이 마음이 고스란히 느껴집니다. 할머니가 하루 종일 모은 폐품 값 이천삼백 원 가운데 천 원을 차마 받을 수 없는 마음, 여러분들도 거기서 마음이 오래 머물지요? 할머니 모습도 자세하게 잘 그렸습니다. 구부러진 등에, 다 낡은 고무신, 머리에는 비녀 대신 숟가락을 꽂고 있는 할머니. 값을 많이 쳐 달라는 할머니 마음이 담긴 말, 정이 묻어나는 말도 놓치지 않고 잘 붙잡았고요. 어느 한 곳도 기교를 부리지 않았지만, 읽으면 가슴 따뜻한 할머니와 상현이의 마음을 느낄 수 있습니다.

이 시집을 읽으면 이렇게 솔직하면서도 따뜻한 마음을 갖고 있는 아이들을 여러 곳에서 만날 수 있습니다. 시장 모퉁이에서 마늘 파는 할머니에게 왠지 미안한 태민이도 그렇고(〈담배 물고 있는 할머니〉), 하루 아침에 일자리를 잃고 시위하는 노동자들에게 힘내라고 응원하는 원찬이도 그렇고(〈노래하는 사람들〉), 새끼 낳을 때가 다 된 염소를 몰고 집을 나온 외할머니를 보고 시를 쓴 지윤이도 그렇고(〈염소를 몰고 온 외할머니〉), 누구 시를 봐도 시를 쓴 아이의 따뜻한 마음이 고스란히 느껴지잖아요? 이런 시가 진짜 시고, 살아 있는 시입니다.

사랑하는 마음으로 둘레를 돌아보세요

시를 쓰려면 먼저 글감을 잘 골라야 합니다. 시의 글감은 무엇이나 될 수 있습니다. 자연을 보고 느낀 것, 나날이 부딪히는 삶의 문제, 땀 흘려 일하면서 순간순간 느낀 것, 꿋꿋하게 살아가는 이웃들, 전쟁이나 차별이나 분단처럼 세상에 일어나는 여러 가지 일을 보고 느낀 것, 이런 것들 모두 시를 쓸 때 좋은 글감이 됩니다.

그러나 요즘 우리는 대부분 자연도 빼앗기고, 일도 잃어버리고, 제 삶마저 다른 사람에게 내맡긴 채로 도시에서 학교 울타리에 갇혀 살아갑니다. 그러다 보니 자연에서 보고 느낀 것을 시로 쓰거나, 땀 흘려 일해 보고 그 느낌과 깨달음을 시로 써 보는 것은 아주 소중한 일인데도 참 어렵습니다. 이 시집에도 자연을 노래한 시나 일을 해 본 경험을 담은 시는 몇 편 되지 않습니다. 참 아쉬운 일이지요.

우리가 조금만 눈을 돌려보면 우리 둘레에도 온갖 나무와 풀과 벌레들이 살아 움직이면서 그 신비함을 드러내 보입니다. 우리가 학교 공부와 학원 공부에 지쳐 일과 놀이를 잃어버린 채 살아가지만, 찾아보면 일을 해 볼 곳도 얼마든지 찾을 수 있습니다. 공사판에 찾아가서 막노동을 해 보거나, 양로원 같은 데서 봉사 활동을 해 보거나, 방학 때 아버지, 어머니가 하시는 일을 도와 드릴 수도 있습니다. 그리고 그 경험을 시로 써 볼 수도 있지요.

고등 학생이면 이제 자신의 삶도 고민하면서 좀더 눈을 넓혀 이웃 사람들의 삶과 세상일에도 관심을 가져야 합니다. 먼저 자기를 들여다보고, 그 다음에 꿋꿋하게 살아가는 이웃 사람들을 애정을 갖고 바라보세요. 또 세계 곳곳에서 벌어지는 많은 일도 관심을 가져 보세요. 한번 애정을 갖고 보기 시작하면 세상이 달라 보입니다. 그리고 자신의 삶도 달라 보이지요.

제가 만난 아이들은 주로 학교나 집에서 벌어지는 일을 시로 썼지만, 가끔은 가난하지만 꿋꿋하게 살아가는 사람들, 열심히 땀 흘리며 몸으로 살아가는 이웃 사람들의 모습을 담아 시를 쓰기도 했습니다. 시장에서 장사하는 할머니, 공사판에서 벽돌 나르는 아저씨, 장애인, 외국인 노동자, 노점상 아저씨, 이런 사람들을 애정을 갖고 지켜보면서 시를 쓰기도 했지요. 우리는 10분이고 20분이고, 한참씩 이런 분들의 삶을 지켜보았습니다. 표정은 어떻고, 차림새는 어떻고, 어떤 행동을 하고, 무슨 말을 주고받는지 자세히 지켜보고 나서 그 모습을 그대로 시에 담았습니다. 힐끗 보고 지나가는 것이나, 한참을 지켜보고 서 있는 것이나, 뭐 크게 다르냐고 생각할지 모르겠습니다. 그러나 저는 잠깐이라도 애정을 갖고 지켜보는 것, 그것이 우리 마음에 사랑을 심어 주는 씨앗이라고 생각합니다. 지금은 관심을 가진 정도에 그쳤다고 해도 머지않아 그들의 삶을 이해하게 되고, 점점 이해가 깊어지면 그들과 함께 행복하게 어우러져 살아가는 세상도 오지 않을까요.

할아버지 사시는 / 왜관에 가면 / 플라스틱 제품 같은 걸 만드는 / 화학 공장이 있다. / 언뜻 보기에는 기계로 찍어 만드는 것 같지만 / 속을 보면 다르다. / 공장 가까이 가서 안을 들여다봤다. / 외국인 노동자들밖에 없었다. / 쇠로 된 원통에 / 총처럼 생긴 기계로 / 화학 물질을 골고루 뿌리고 있다. / 한참을 뿌리다 말고 황급히 밖으로 나온다. / 그 외국인 노동자는 / 모자와 마스크를 벗더니 / 기침을 하기 시작했다. / 바싹 마른 몸에 / 콜록콜록 기침을 자꾸 하는데 / 뒤에서 어떤 사람이 불렀다. / 옆에 빨랫줄에 걸려 있는 수건으로 / 눈물과 콧물을 대충 닦고 / 다시 힘없이 공장 안으로 들어간다. / 하루에 10시간씩 일하고 / 한 달에 18만 원 받아서 / 집에 17만 원 부쳐 주고 / 만 원으로 한 달을 지낸다고 했다.

—⟨외국인 노동자⟩, 문동주

동주는 이 시를 초등 학교 때 왜관 할아버지 집에 가서 겪은 경험을 떠올리며 썼다고 합니다. 꽤 오래 전에 한 경험이지만 마치 지금 그 일을 겪은 듯이 생생하게 잘 썼습니다. 우리는 텔레비전에서 손가락, 발가락이 잘려 나가고, 밀린 월급을 받지 못한 채 단속에 쫓기고, 거기다 병까지 얻어 오도 가도 못 하는 딱한 신세가 된 불법 체류 외국인 노동자들을 자주 봅니다. 하지만 이렇게 그들이 겪는 일들을 제 눈으로 직접 보고 그린 시는 참 귀하지요.

절실한 마음을 붙잡아야 합니다

시를 잘 쓰려면 순간에 일어나는 마음의 결을 붙잡아 보려고 애를 써야 하고, 삶이 보이도록 장면을 환하게 그려 내는 연습을 꾸준히 해야 합니다. 사람은 누구든지 세상을 살아가면서 무슨 일에 부딪혔을 때 마음이 움직입니다. 감정의 물결이 이는 것이지요. 그 물결이 갑자기 성난 파도처럼 일어날 수도 있고, 천천히, 그러나 크게 일어날 수도 있고, 아주 잔잔하게 보일 듯 말 듯 무늬를 만들기도 합니다. 이런 감정의 무늬를 붙잡아서 보여 주는 것이 시입니다.

누나는 맨날 엄마에게 / 옷을 사 달라고 조른다. / 엄마는 대꾸도 안 하고 / 그냥 방으로 들어간다. / 누나는 화를 내며 / 자기 방문을 '꽝' 닫고 들어간다. / 살짝 열린 방문 틈으로 / 엄마를 보았다. / 엄마는 지갑을 꺼내 보며 / 돈이 얼마나 남았나, / 한숨을 쉰다.

—〈엄마 지갑〉, 최재훈

얇은 지갑에 애가 타는 엄마만큼이나 재훈이도 안타까워하는 것이 느껴집니다. 재훈이가 제 마음을 직접 드러내지는 않았지만 시를 읽으면 저절로 재훈이의 마음이 느껴지지요. 엄마는 공과금도 내야 되고, 학원비도 주어야 하고, 대출 상환금도 내야 하고, 그러고 나면 아이들 용돈이랑 반찬값도 빠듯한데 누나는 철없이 옷 투정인 거지요. 어느 집에서나 흔히 겪을 법한 일이지요. 재훈이는 별것 아닌 듯한 일에서도 자신의 마음결을 놓치지 않고 시로 잘 붙잡았습니다.

시는 또 지금 막 그 일을 겪는 듯이 써야 합니다. 어느 한순간에 일어나는 느낌을 잘 붙잡아 써야 하는데, 그 느낌이란 것이 시간이 지날수록 흐려지게 마련입니다. 우리의 온갖 감각으로 보고 듣고 느낀 모양, 빛깔, 소리, 냄새, 움직임들은 조금만 시간이 흘러도 잘 떠오르지 않습니다. 설령 그 감각이 매우 강렬해서 오랜 시간이 지난 뒤에도 떠오른다 하더라도, 그 순간만큼 생생하지 않지요. 그래서 오래 전에 겪은 일보다는 바로 지금 겪은 일을 갖고 시를 쓰는 것이 좋습니다. 바로 지금 보고 겪은 일이 아니고 얼마 전에 보고 겪은 일이라 하더라도, 그 때로 다시 돌아가서 지금 막 그 일을 겪는 것같이 그 순간의 느낌을 살려서 써야 합니다.

방에 들어가는 순간 / 퀴퀴한 냄새가 났다. / 하나같이 다 헤어진 옷을 입은 / 까까머리 아이들 / 이름표를 보니 모두 예쁜 이름이다. / 까까머리 병태는 / 앉아서 자꾸 머리를 벽에 쿵쿵 박는다. / 그러면서 끝없이 울어 댄다. / 민지는 양 갈래로 묶은 머리를 풀더니 / 다시 묶어 달라 한다. / 그리고는 또 풀고, 또 풀고 한다. / 눈 사이가 먼 민수는 / 내 바지 옷자락만 잡고 있다. / 내가 문을 나갈 때까지 잡고 있다.

정연이는 이 시를 봉사 활동 갔다 와서 바로 썼을까요? 아닙니다. 물어 보니 한참 뒤에 썼다고 했습니다. 그런데 시를 읽어 보면 정연이가 지금 막 그 일을 겪는 것 같습니다. '전에 봉사 활동 갔을 때다.' 이렇게 말하지 않고 지금 막 문을 열고 들어서는 것처럼 "방에 들어가는 순간"이라고 말했지요.

병태는 왜 머리를 자꾸 벽에다 박을까요? 머리가 아파서 그러는 것 같지요? 민지는 전에 엄마가 머리를 묶어 주던 기억을 자꾸 떠올리는 것 같지 않나요? 민수는 아마 사팔뜨기인 듯한데 그것을 "눈 사이가 먼"이라고 표현한 것 같습니다. 그렇게 표현한 정연이 마음이 참 따뜻하게 느껴집니다. 이 시를 읽으면 모든 장면이 바로 지금 눈 앞에서 일어나는 일처럼 살아납니다.

또 시는 말을 아끼면서 써야 합니다. 물론 꼭 필요한 장면은 잘 알 수 있게, 자세하게 써야 장면이 또렷하게 그려집니다. 그러나 말을 길게 늘여 설명한다고 장면이 또렷해지는 것은 아닙니다. 말이 길어지고 자꾸 설명하려 들면 시가 느슨해집니다. 팽팽한 맛이 살지 않지요. 말맛이 팽팽해야 가락이 살고, 가락이 살아나야 시가 됩니다. 그러자면 말을 아낄 줄 알아야 합니다. 필요 없는 말을 버릴 줄 알아야 합니다. 시를 다 써 놓고 빼도 좋을 말은 없는지 다시 살펴야 합니다. 이게 군더더기일까 싶은 구절이 있으면 그 구절만 가리고 읽어 보세요. 그렇게 읽었을 때 시 맛이 더 살아나면 그 구절을 아깝다고 생각하지 말고 빼 버리세요.

열두 시 정각, 밖은 깜깜한 게 가로등 불빛뿐이다. / 엄마 올 시간인데 / 달각 소리와 함께 / 맛있는 고기 냄새가 먼저 풍겨 온다. / "나 왔다. 자나?" / "엄마 왔나. 안 피곤하나?" / "세상에 안 힘든 일이 어딨냐." / 얼굴에 가득 웃음을 머금고 대답한다. / 늘어 가는 주

름살,/ 군데군데 박힌 굳은살,/ 퉁퉁 부은 다리,/ 엄마도 전엔 고
왔는데.

시를 쓴 미래 마음이 담겨 있는 곳이 어디일까요? 마지막 구
절이지요. "엄마도 전엔 고왔는데." 이 말이 자기도 모르게 마음
속에서 우러나온 말입니다. 그러면 미래 엄마는 무슨 일을 할까
요? 어디에도 설명해 놓지 않았지만 고깃집에서 일한다는 것을
알 수 있습니다. 무슨 일을 하는지 말해 놓지 않았는데도 읽어
보면 알 수 있는 곳이 있지요. "맛있는 고기 냄새가 먼저 풍겨 온
다." 이 구절을 읽고 짐작할 수 있습니다.

그런데 "우리 엄마는 고기 집에서 일한다. 밤 열두 시가 넘어
야 들어오신다." 이렇게 써 놓으면 어떨까요? 시가 참 느슨해지
겠지요. 미래도 처음에는 그렇게 썼어요.

이 앞에 〈봉사 활동〉이란 시도 그렇지요. '언제, 어디에, 누구
랑 봉사 활동을 갔는데' 하고 설명하지 않고 바로 그려 나갑니
다. 그런데도 시를 읽으면 정연이가 봉사 활동 하러 갔다는 것이
슬그머니 드러납니다. 풀어 설명하지 않았지요. 이야기는 끝없
이 말을 풀어 나가는 것이라면 시는 말을 아껴야 합니다. 그래야
시가 팽팽하게 살아나지요.

이 밖에도 우리가 시를 잘 쓰기 위해서는 줄 바꾸기를 어떻게
하고, 연은 어떻게 나누고, 제목은 어떻게 붙일 것인가 하는 것
도 생각해야겠지요. 하지만 이러한 시 형식을 고민하기에 앞서

먼저 이 시집에 나오는 동무들의 시를 여러 번 읽어 보세요. 그 어떤 설명을 듣는 것보다 동무들이 쓴 시를 읽는 것이 더 좋은 공부입니다. 읽다 보면 저절로 시를 이렇게 쓰는구나 하는 감이 오게 됩니다. 그 다음에 여러분도 솔직하게 자신의 삶을 드러내어 시를 써 보세요. 써서 동무들과 돌려보기도 하고, 고쳐 보기도 하고, 시간이 지나서 다시 꺼내 보기도 해 보세요. 그렇게 해서 시와 친해지고 나면 살아가는 일이 새롭게 다가올 거예요. 그냥 흘려보내고 나면 묻혀 버리고 말 일이지만, 시로 써서 제 삶의 결을 붙잡아 놓으면 두고두고 바라볼 수 있게 되거든요.

정직한 마음이 시의 마음이고 사람의 마음입니다

학교란 곳이 여러분들에게 끝없이 경쟁심만 부추기고 있습니다. 공부는 곧 입시 공부로만 통하고, 얼마만큼 공부를 잘하는가는 시험 점수로만 판가름냅니다. 남보다 시험 점수를 더 따야 살아남는다는 것, 학교에는 그 점수 따는 공부 하러 온다는 것을 감각으로 아는 것 같습니다. 그러니 제 사는 둘레를 돌아볼 여유도 없거니와 제 삶을 들여다볼 여유조차 없습니다. 어디로 가는지도 모르고, 왜 가는지도 모른 채 그저 무리가 휩쓸려 가는 곳으로 무작정 따라갑니다. 진휘가 쓴 시를 같이 읽어 볼까요.

학원 수업 마치고 / 집까지 터벅터벅 걸어간다. // 나 때문에 잠가 놓지 않은 / 대문을 여니 불이 환하다. // 먼저 안방으로 간다. / 기다리다 지치신 어머니는 / 리모콘을 손에 쥔 채 주무신다. / 텔레비전을 끄고 / 살포시 문을 닫고 나왔다. // 옷 갈아입고 세수하고 나니 / 시계는 한 시 반 / 핸드폰을 보니 26일 수요일이라 되어 있다. / 좀 전만 해도 25일 화요일이었는데 / 하루를 마친 시각이 오늘이 아니고 내일이다.

—〈학원 수업 마치고〉, 김진휘

이게 우리 고등 학생들이 사는 모습입니다. 하루 일이 끝나는 때가 오늘이 아니고 내일이라는 진휘 말이 예사롭게 들리지 않습니다. 하루 이틀만 이런 것이 아니라 일년 삼백예순 날 똑같은 일을 되풀이합니다. 한 해가 아니라 내리 삼년을 이렇게 살아야 합니다. 그러고도 여러분이 버티고 견디는 것을 보면 애처롭습니다. 이 숨막히는 경쟁이 해마다 적지 않은 아이들을 죽음으로 몰아갑니다. 죽지 않고 살아 있다고 몸과 마음이 온전할까요? 겉으로는 멀쩡해 보이지만 속은 병들어 갑니다. 이래서는 바른 마음이 자랄 수가 없습니다.

우리 고등 학생들의 삶이 지금 같아서는 안 된다고 생각합니다. 점수 따기 공부에 내몰려서 쫓기듯이 살아서는 안 되는 거지요. '내일을 위해서'란 구호 아래 오늘의 소중한 시간을 수단으로 계산해 버려서는 안 되는 거지요.

조심스럽지만, 저는 여러분 삶을 바꾸라고 말하고 싶어요. 세상이 바뀌기를 기다릴 순 없어요. 자신이 바뀌는 수밖에요. 자신의 삶을 귀하게 여길 줄 알고, 온갖 생명과 자연이 소중한 줄도 알고, 일하는 삶이 가치 있는 것도 알고, 자신의 삶을 당당하게 드러내 보기도 하고, 이웃과 세상으로 눈을 돌려보기도 하면서 생각을 바꾸어 나가야 합니다. 무엇보다 바른 마음을 지니려고 노력해야 합니다. 우리가 시를 쓰지만, 사실은 시보다 삶이 더 먼저지요. 시를 쓰는 것도 우리의 삶을 바르게 가꾸어 가자는 데 목적이 있습니다. 바른 마음, 곧 사람다운 마음을 지니고 살기 위함이지요. 정직하게 제 삶을 담아서 시를 쓰다 보면 바른 마음이 자라게 되고 우리 삶이 바로 서게 됩니다. 정직한 마음이 시의 마음이고 사람의 마음입니다. 여기에 시를 쓴 아이들이나 이 시집을 읽은 사람들이 시를 쓰면서 살았으면 좋겠습니다.

2005년 4월

구자행

고등 학생, 우리들이 쓴 시

버림받은 성적표

2005년 5월 25일 1판 1쇄 펴냄 | 2022년 9월 27일 1판 12쇄 펴냄 | **글쓴이** 고등 학교 아이들 81명 | **엮은이** 구자행 | **펴낸이** 유문숙 | **편집** 김성재, 김은주, 남우희, 심명숙 | **영업** 나길훈, 안명선, 양병희, 원숙영, 조현정 | **독자 사업(잡지)** 김빛나래, 정영지 | **새사업팀** 조서연 | **제작** 심준엽 | **경영 지원** 신종호, 임혜정, 한선희 | **표지 디자인** 미르 | **인쇄와 제본** (주)천일문화사 | **펴낸 곳** (주)도서출판 보리 | **출판 등록** 1991년 8월 6일 제 9-279호 | **주소** (10881) 경기도 파주시 직지길 492 | **전화** (031)955-3535 | **전송** (031)955-3533 | **누리집** www.boribook.com | **전자 우편** bori@boribook.com

ⓒ 구자행, 2005 | 이 책의 내용을 쓰고자 할 때는, 저작권자와 출판사의 허락을 받아야 합니다. | 잘못된 책은 바꾸어 드립니다. | 값 12,000원 | ISBN 89-8428-212-X 43810

이 도서의 국립중앙도서관 출판예정도서목록(CIP)은 서지정보유통지원시스템 홈페이지(http://seoji.nl. go.kr)와 국가자료공동목록시스템(http://www.nl.go.kr/kolisnet)에서 이용하실 수 있습니다. (CIP 제어 번호: CIP2005000980)